SESAMSTRASSE

Das Krümelmonster
Ein Ratgeber für Genießer

Im Keks liegt die Stärke.

Äsop

SESAMSTRASSE

Das Krümelmonster

Ein Ratgeber für Genießer

Aus dem Amerikanischen
von Michael Struppek

Mit einem Nachwort des Puppenspielers
Carsten Haffke

Reclam

FSC www.fsc.org
MIX
Papier | Fördert gute Waldnutzung
FSC® C019821

RECLAMS UNIVERSAL-BIBLIOTHEK Nr. 14694
2025 Philipp Reclam jun. Verlag GmbH,
Siemensstraße 32, 71254 Ditzingen
info@reclam.de

Druck und Bindung: Druckerei C.H.Beck,
Bergerstraße 3–5, 86720 Nördlingen
Printed in Germany 2025
RECLAMS UNIVERSAL-BIBLIOTHEK und
RECLAM UNIVERSAL-BIBLIOTHEK sind eingetragene Marken
der Philipp Reclam jun. GmbH & Co. KG, Stuttgart
ISBN 978-3-15-014694-1
reclam.de

Inhalt

TEIL I

WARUM KEKSE?

Zuerst wollte ich ein Buch machen aus

KEKSEN,

aber die ersten Exemplare sind auf rätselhafte Weise … verschwunden.

Kekse sind ein High-Five für den Magen.

Wer hat den Keks aus der Dose geklaut?
War es …

OKAY, ICH WAR'S.

NATÜRLICH WAR ICH ES.

Wie ich Kekse esse?
Ich geb' dir eine Anleitung:

Eins, Mund öffnen.
Zwei, Keks hineintun.
Drei, jetzt bin ich verwirrt. Drei *Kekse*?
Vier Kekse!!!! Oh, ich bin so aufgeregt!

Fünf Kekse!

SECHS KE

SIEBEN

ACHT

SE!
KEKSE!
KEKSE

KRÜMEL *der* WEISHEIT

ICH ESSE KEKSE,
ALSO
BIN
ICH.

Wenn sie kein Brot haben, lasst sie Kekse essen.
Und lasst mich auch Kekse essen!

Mein liebster Keks?

DER KEKS IN MEINEM MAGEN!

IM NOTFALL GLAS EINSCHLAGEN UND KEKS ESSEN.

Im schweren Notfall auch zwei.

Ich esse auch was anderes als Kekse:
Ich esse Obst, Gemüse, Hamburger, Krawatten,

Kekse,

Pasta, Burritos, Teppiche, Standuhren,

Kekse,

Huhn, Sandwiches, Schuhe, Telefone,
die Goldene Kamera, Fahrräder,

Kekse,

Tacos, Kochbücher, Hüte, Schilder, Kaleidoskope,
meine Fernbedienung,

Kekse …

MmMmm, Keeeekse.

Wo war ich stehengeblieben?

Es gibt nur einen guten Ort, um Kekse zu essen.

ÜBERALL!

Sie können mir alles wegnehmen,
aber nicht die Kekse.

Ist die Keksdose halb voll
oder halb leer?

FANG-
FRAGE!

Ich war da.
Sie ist natürlich komplett leer!

Also, normalerweise würde ich sagen,
dass ich diesen Keks nicht essen werde.

Aber lass uns der Wahrheit ins Gesicht sehen …
Ich werde diesen Keks essen.

Ich bin nur einen Keks davon entfernt,
satt zu sein.

IMMER.

KRÜMEL *der* WEISHEIT

EIN KEKS-ESSER SEIN
ODER NICHT SEIN ...

DAS IST
KEINE
FRAGE.

DIAMANTEN SIND FÜR
DIE EWIGKEIT.

KEKSE SIND FÜR JETZT.

Backe, backe, Plätzchen,
das Monster ruft nach Häppchen.

Sorry, habe ich das laut gesungen?

Der Buchstabe M ist mein zweitliebster Buchstabe.

MmMmMM

Mache ich, wenn ich Kekse esse!

Ein kleiner Keks ist die perfekte Vorspeise für

EINEN GRÖSSEREN KEKS.

TEIL II

DIE LIEBE ZU KEKSEN

Ich bin nur ein Monster,
das vor einem Keks, steht und fragt …

UUPS, KEKS WEG.

Ich habe ihn gegessen.

Wenn die Frage Keks ist,
ist die Antwort

JA!

Egal, was die Frage ist,

DIE ANTWORT IST KEKS.

(Manchmal ist die Antwort auch Liebe.
Aber immer auch Keks.)

Fülle dein Leben mit

MENSCHEN, DIE DU LIEBST.

Fülle deinen Bauch mit

KEKSEN, DIE DU LIEBST.

LIEBE

ist der Sinn des Lebens.

KEKS-LIEBE

ist das Ziel des Lebens.

KRÜMEL *der* WEISHEIT

SEI DAS MONSTER, DAS DEINES KEKSES WÜRDIG IST.

Bei der Nachspeisen-Olympiade

HOLEN KEKSE DIE GOLDMEDAILLE!!

Meine geheime Zutat für Kekse ist

LIEBE.

Und eine Prise Meersalz obendrauf.

Zuhause ist, wo das Herz ist.
Das Herz ist,
wo es einen Keks gibt.
Das bedeutet:
Ein Keks ist
ein Zuhause.

Liebe heißt, sich nicht entschuldigen zu müssen …
wenn man den letzten Keks gegessen hat.

Tut mir trotzdem leid.

Plätzchen, Gebäck, Butterstückchen.
Ein Keks mit einem anderen Namen würde
immer noch süß schmecken.

ALSO HAL
GEBÄCK!

looooo,

MEIN BERÜHMTER KEKSTEIG

Vanille-Kekse!

ZUTATEN

¾ Tasse Butter oder Margarine
(weich, aber nicht flüssig)
1 Tasse Zucker
2 Eier
1 Teelöffel Vanille-Extrakt
2 ½ Tassen Mehl
1 Teelöffel Backpulver
1 Teelöffel Salz

Vor meinen eigenen Augen
entstehen Kekse.

Ich backe Kekse!
Yeah yeah yeah.

Kekse!

BACKANLEITUNG

1. Ich gebe Butter in die Rührschüssel.
2. Ich gebe Zucker in die Schüssel.
2 b. Für knusprig-weiche Schokokekse füge ich hier ½ Tasse braunen Zucker hinzu.
3. Ich matsche Butter und Zucker mit einem Löffel oder einer Gabel zusammen.
4. Ich gebe Eier und Vanille dazu.
5. Ich matsche noch ein bisschen.
6. Ich gebe Mehl, Backpulver und Salz dazu.
6 b. Für knusprig-weiche Schokokekse füge ich hier 1 Tasse Schokolinsen hinzu.
7. Ich vermatsche alles mit einer Gabel. Oder einem Löffel. Oder mit den Händen. Bin da nicht wählerisch.

ICH ESSE DEN TEIG NICHT!

8. Ich stelle den Teig 1 Stunde lang in den Kühlschrank.

1 STUNDE IST SOOO LANG

9. Ich rolle den Teig auf einer bemehlten Fläche aus. Steche leckere Formen aus. Lege sie auf ein ungefettetes Backblec

DEN TEIG IMME

NOCH NICHT ESSEN

10. Ich backe die Kekse bei 200 °C für 8 Minuten. 10 Minuten, wenn du sie sehr knusprig magst.

10 MINUTEN SIND

SEHR

LAAAAAANG.

OOOH,

KEKSE!!!!

JAM

NAM NAM

NAM NAM

NAM

TEIL III

LEBE DAS BESTE LEBEN MIT KEKSEN

DAS LEBEN IST KURZ.

Kekse zum Frühstück!

Frühstück ist die wichtigste Mahlzeit des Tages,
wenn du Kekse zum Frühstück isst.

Wenn du Kekse zum Mittagessen isst,
ist das *Mittagessen* die wichtigste Mahlzeit.

Der frühe Vogel fängt den Wurm.

Aber Keks schmeckt besser als Wurm.

ALSO SCHLAFE ICH AUS.

Irgendwo ist es immer

KEKSZEIT

So viele Kekse. So wenig Zeit.

Ich brauche eine Kekspause.

Ooooh,
es ist *soooo* hart ohne Kekse!
Okay, okay, okay,
womit kann ich mein Keksfasten belohnen?

Ich weiß! Kekse!

Ich Liebe den Geruch
von Keksen am Morgen.
Und am Nachmittag.
Und am Abend.
Und wenn ich schlafe.
Und wenn ich träume,
und wenn ich aufwache
mitten in der
Nacht, und
WENN

ICH…

Sorry, hab' mich hier etwas mitreißen lassen.

Manchmal bin ich im Traum
ein Möhrenmonster

Dann wache ich auf.

KRÜMEL *der* WEISHEIT

RUHE
BEWAHREN
UND
KEKSE
ESSEN.

Man kann den Keks nicht für später aufheben und ihn jetzt essen.

Es sei denn, man hat …

ZWEI KEKSE.

Blumenkohl …
oder Keks?
Blumenkohl …
oder Keks?

ICH BIN DAS KRÜMELMONSTER!

Das ist keine Frage!

Man kann das Monster zur Keksdose bringen,
aber …

WARTE, BRING EINFACH DAS MONSTER ZUR KEKSDOSE!

Sorry, kein Aber hier.

Eine ausgewogene Ernährung ist wichtig.

Zum Beispiel esse ich erst einen Schokokeks.
Und dann einen grünen Salat.

(Und dann esse ich einen Haferkeks mit Rosinen.)

Kekse sind kein Nahrungsmittel.

KEKSE SIND LIFESTYLE.

Auch
weil Kekse keine sehr gesunde Ernährung sind.

MAN LEBT NUR EINMAL.

Aber mit genug Keksen ist einmal genug.

Meine Lieblingskekse:

Schokoladenstreusel

ZIMT-KEKSE

MINZ-SCHOKI

HAFER-ROSINEN

BANANEN-HAFER-SCHOKOSTREUSEL

Knusper-Toffee

KAROTTEN-KUCHEN

ZIMT-SCHNECKE

ERDNUSS BUTTER

Doppel-Schoki

SALTED-CARAMEL-KEKS

INGWERSIRUP

Weiße Schokolade

MEERSALZ-SCHOKI

LINZER PLÄTZCHEN

SPECK-SCHOKI-Keks

Erdnussbutter-Marmelade

MANDELBUTTER-DATTEL

DUNKLE SCHOKOLADE MIT PISTAZIEN

CRANBERRY-KEKS

Karamell und Pekannuss

Wenn ich diese Liste so sehe:

Noch nicht genug Kekse!

KEKSE FORMTEN DIESEN KÖRPER.

TEIL IV

MEIN FREUND, DER KEKS

NEGATIVITÄT
AUSATMEN.

KEKSE
EINATMEN.

KRÜMEL *der* WEISHEIT

KEKS IST, WER KEKS TUT.

Und Keks tut gut!

Man sagt, sei deinen Freunden nah,
aber deinen Feinden näher.

ICH SAGE, SEI DEINEN
KEKSEN AM NÄCHSTEN.

WAS IST FREUNDSCHAFT?

EIN STILLER MOMENT,
EIN GETEILTER KEKS –
UND DAS GEFÜHL,
NICHT ALLEIN ZU SEIN.

ICH HABE NOCH NIE EINEN KEKS GETROFFEN, DEN ICH NICHT MOCHTE.

Aber ich wurde auch noch nie einem Keks offiziell vorgestellt.

Falsch und Falsch ergibt kein Richtig.
Aber zwei Kekse … sind immer richtig.

Ein Fremder ist ein Freund,
mit dem ich noch keinen Keks geteilt habe.

Ich kann Kekse essen,

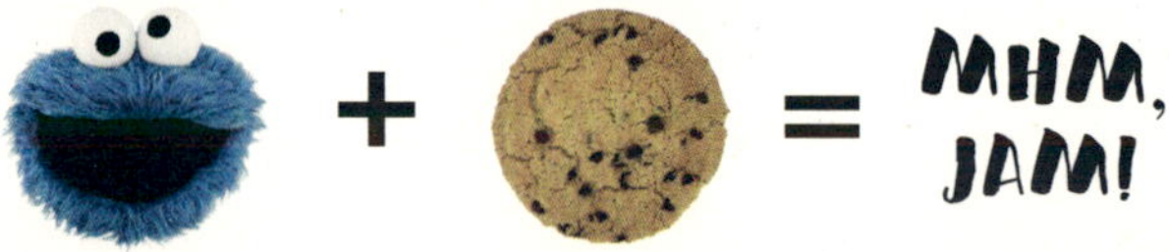

und ich kann Kekse mit einem Freund essen,

aber ich kann nicht den Keks des Freundes essen.

Und den Freund kann ich auch nicht essen.

Wer hat Kekse erfunden?

Ich möchte diesem Menschen einen Kuss …

und einen

Keks!

geben!

Ich denke, es gibt zwei Arten von Monstern
auf der Welt:
Solche, die Kekse lieben, und …

Solche, die Kekse LIEBEN!

Entschuldigung, mein Fehler.
Es gibt nur eine Art Monster.

~~Monster, die Kekse nicht LIEBEN.~~

KRÜMEL *der* WEISHEIT

FRAG NICHT,
WAS EIN KEKS
FÜR DICH
TUN KANN,

ISS IHN EINFACH!

REDE NICHT
MIT IHM.

Ein guter Freund gibt dir Kekse.

Dein bester Freund gibt dir

VIELE KEKSE.

Habe das Kochbuch gegessen,
weil ich so Lust auf Kekse hatte.
Da stehen viele leckere Kekse drin!
Schmeckt aber nicht so gut wie echte Kekse.

Also mache ich jetzt echte Kekse.

Brauche nur ein Rezept aus dem Kochbuch.

uuuups!!!

WENN ICH EINEN SCHOKI-TAG HABE

DOPPEL-SCHOKO-KEKSE

ZUTATEN

TEIG:

2 Tassen gesiebtes Mehl

1 Teelöffel Backpulver

¼ Teelöffel Salz

125 g Butter

3 Stücke dunkle Blockschokolade

1 gute Tasse brauner Zucker

1 Ei

1 Teelöffel Vanille-Extrakt

½ Tasse Schlagsahne

GLASUR:

1 Stück dunkle Blockschokolade

1 Esslöffel Butter

1½ Esslöffel heißes Wasser

2 Esslöffel Schlagsahne

1 Tasse Puderzucker

HAST DU EINEN WASSERBADTOPF? Mein neues Rezept ist ziemlich kompliziert.. ABER ES IST ES WERT, YEAH!.

SCHOKOLADE!!

Ich sage zu oft Schokolade, aber das kann man nicht oft genug sagen!

BACKANLEITUNG

1. Ich heize den Ofen auf 190 °C vor.
2. Ich fette ein Backblech ein.
3. Ich mische Mehl, Backpulver und Salz und stelle es beiseite.
4. Ich schneide die Butter in 1-cm-Stücke und tue sie in einen schweren Topf.
5. Ich gebe Schokolade dazu, dann schmelze ich sie bei schwacher Hitze.
6. Ich nehme den Topf von der Platte und rühre den Zucker mit einem Holzlöffel ein.
7. Ich füge Ei und Vanille dazu und rühre alles glatt.
8. Ich rühre die Hälfte der Mehlmischung unter. Dann rühre ich laaangsam die Sahne unter.
9. Ich gebe die andere Hälfte der Mehlmischung rein. Gut verrühren, bis der Teig cremig ist.
10. Ich verteile gehäufte Esslöffel Teig auf das Backblech, mindestens 8 cm voneinander entfernt. Macht etwa 18 Kekse.

MANCHMAL HABE ICH WENIGER ALS 18 KEKSE … ICH WEISS GAR NICHT, WARUM.

11. Ich backe die Kekse 12 bis 15 Minuten. Oder bis sie knusprig aussehen.

ICH ATME LANGSAM EIN, ICH ATME AUS.

Ich lasse sie erst auf dem Backblech, dann auf einem Abkühlgitter ruhen.

12. Im Wasserbadtopf schmelze ich Schokolade und Butter.
13. Ich nehme den Topf von der Platte und füge heißes Wasser und Schlagsahne dazu. Rühren.
14. Ich gebe Zucker dazu und rühre alles glatt.
15. Ich muss manchmal Wasser oder Zucker hinzufügen. Es soll eine dicke Sahnecreme werden.

16. Ich glasiere die Kekse, aber lasse einen Rand von 1 cm frei.

Jetzt muss ich die Kekse irgendwie für 1 Stunde in Ruhe lassen.

WÄHREND ICH WARTE, WERDEN MEINE AUGEN GLASIG.

KEKSE SIND SO HYPNOTISIEREND!

MMM, KEKSE! JAM NAM NAM NAM

TEIL V

KRÜMELIGE WAHRHEITEN

KEKSE

Bissen für Bissen
machen sie den Montag erträglich.

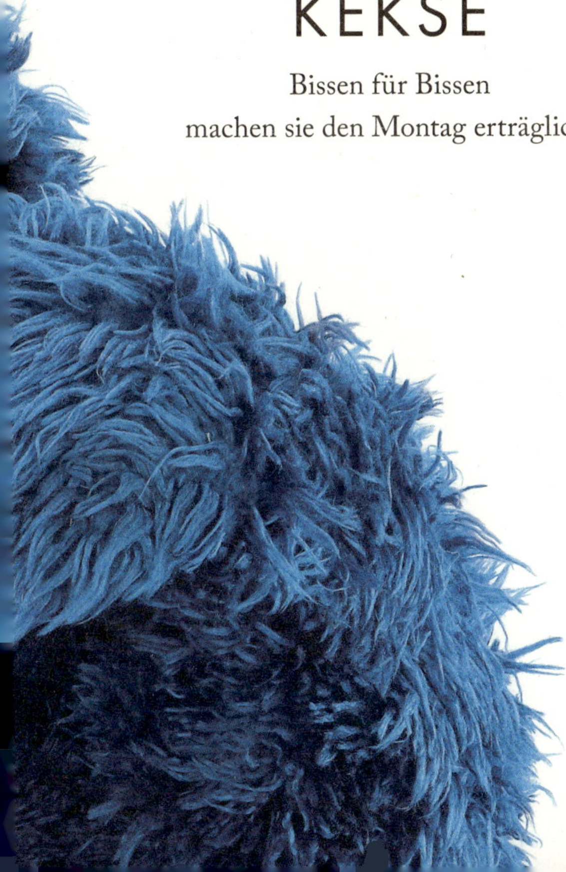

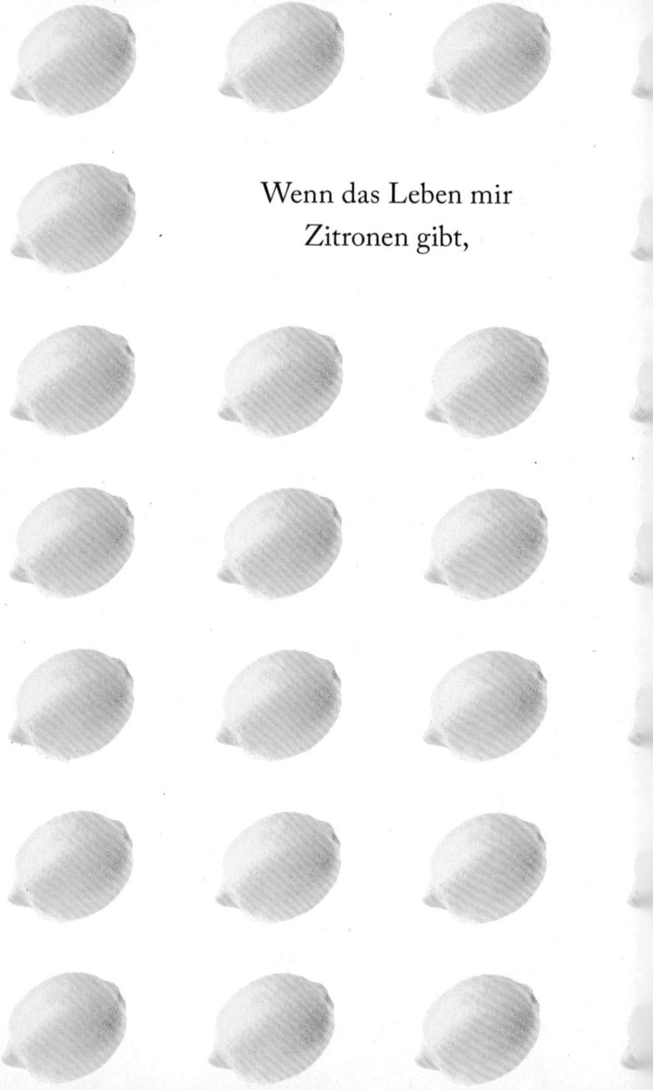

Wenn das Leben mir
Zitronen gibt,

frage ich, ob jemand ein Rezept
für Zitronenkekse hat.

Vielleicht sind Kekse nicht die Antwort
auf ALLE Probleme dieser Welt.
Oder doch?

ICH GLAUBE,
ES IST EINEN VERSUCH WERT.

KEKSE TREIBEN DIE WELT AN!

Kekse und der Drehimpulserhaltungssatz.

Alles, was zwischen dir und dem Glück steht,
ist der Deckel der Keksdose.

Ein Lächeln ist nur einen Keks entfernt.

Es heißt: Ein Keks am Tag und du hast keine Plag.
Aber wer spricht von nur EINEM Keks?

DAS IST EIN
SCHLECHTER RATSCHLAG.

KRÜMEL *der* WEISHEIT

WENN DU DEN FRIEDEN WILLST, DANN BEREITE EINEN GROSSEN KEKS VOR.

Groß genug,
um ihn mit einem Freund zu teilen.

Weine nicht, wenn der

KEKS AUFGEGESSEN IST.

Lächle, denn

ES GAB EINEN KEKS.

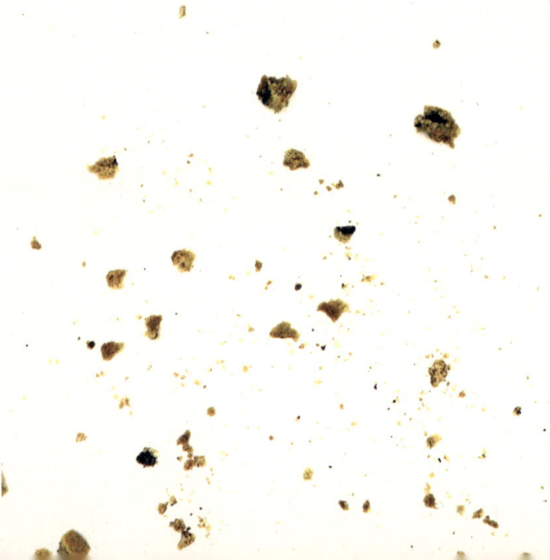

Hinter jedem erfolgreichen Monster
steht eine leere Keksdose.

ZÄHL DEINE KEKSE,

nicht deine Probleme.

Vor meinem ersten Keks am Tag,
bin ich ein

MONSTER.

Danach bin ich immer noch ein Monster.
Aber ein

GLÜCKLICHES MONSTER.

Glück kann man nicht kaufen,
aber Kekse.

UND KEKSE SIND GENAUSO GUT!!

Ich weiß ohnehin nicht,
wo der Unterschied ist.

WENN DU TRAURIG BIST, ISS EINEN KEKS.

Wenn du dann immer noch traurig bist,
geh zum Arzt. Klingt ernst.

KRÜMEL *der* WEISHEIT

KEKS
GUT,
ALLES
GUT.

JEDES MONSTER VERDIENT KEKSE!

KEKSE FÜR ALLE Monster

ZUTATEN

$^2/_3$ Tasse Kokosöl (oder anderes pflanzliches Öl)
½ Tasse brauner Zucker
½ Tasse Kristallzucker
1 Teelöffel Vanille-Extrakt
¼ Tasse Apfelmus
1 ¾ Tassen Hafermehl
½ Teelöffel Salz
½ Teelöffel Backpulver
1 Tasse Schokostreusel nach Wahl

KEINE Nüsse,
KEINE Laktose,
KEINE Eier,
KEIN Gluten!

JUST DOUGH IT!!

DIRECTIONS

1. Ich heize den Ofen auf 190 °C vor
2. Ich benutze Backpapier, dann muss ich keine Krümel wegwischen.

KRÜMEL SIND ZUM ESSEN DA!!

3. In die erste Schüssel kommen Kokosöl, Zucker, Vanille und Apfelmus.
4. Ich verrühre alles mit einem Löffel (oder dem Mixer), bis es schön durchmischt ist.
5. In eine zweite Schüssel kommen Hafermehl, Salz, Backpulver und Schokostreusel.
6. Ich mixe die trockenen Zutaten.
7. Ich leere die zweite Schüssel in die erste Schüssel.
8. Ich vermische alles mit einem Löffel oder Mixer, bis es cremig ist.
9. Ich kühle den Teig für 30 Minuten.

WARUM? WARUM? WARTEN IST SO SCHWER!!!

10. Me plop dough onto cookie pan with tablespoon.

YEAH YEAH YEAH

ICH KANN ES RIECHEN, DAS SIND SCHON FAST KEKSE!

11. Für 10 bis 12 Minuten backen. (Vielleicht auch 2 bis 3 Minuten länger, je nach Konsistenz)

Ich bewache die Kekse mit Adleraugen.

12. Ich teile die Kekse mit veganen Monstern.

UND AUCH ANDEREN MONSTERN. WIE MIIIR! KEEEEK-SEEEEEE!!

Man darf sich vergeben,
wenn man einen Keks gegessen hat.
Indem man Kekse isst.

ANMERKUNG DES VERFASSERS

Ich hoffe, du stimmst mir zu,
dass dies ein sehr geschmackvolles Buch ist.
Und lecker.

MAM JAM JAM

JAM JAM

MAMM

MAM

MAM JAM

M JAM

MAM JAM

TEIL VI

DAS KEKS-ÄH, NACHWORT

Drehbuch

... das nie gedreht werden wird
von
Carsten Haffke

1. Fassung

Thema: Impulskontrolle und Frustrationstoleranz

Besetzung:	Krümelmonster, Dr. Keks
Sets:	Gemütliches Zimmer
Requisiten:	Tisch, Stuhl, Sofa, Bilder an der Wand

Eine Produktion des Reclam Verlags

Szene 1	Wohnzimmer Innen/Tag

Krümelmonster sitzt lässig auf dem Sofa. Neben ihm ein Keks mit Mund, Nase und Augen, der einen Notizblock auf dem Schoß und einen Stift in der Hand hat. An der Wand hängt ein Bild von Sigmund Freud.

DR. KEKS: Schön, dass du da bist, Krümelmonster

KRÜMELMONSTER: Find ich auch. Du siehst heute übrigens köstlich aus.

DR. KEKS: *(etwas verunsichert)* Äh, danke. Wie geht es dir heute?

KRÜMELMONSTER: Sehr gut! Ich hatte heute Morgen schon einen Keks mit Schokoglasur.

DR. KEKS: Und, war er lecker?

KRÜMELMONSTER: Nein.

DR. KEKS: Nicht …?

KRÜMELMONSTER: Nein! Er war *sehr* lecker!!

DR. KEKS: Aha, ja. Schön.

KRÜMELMONSTER: Ich hab da mal eine Frage.

DR. KEKS: Ja, gerne. Was möchtest du wissen?

KRÜMELMONSTER: Hast du Kekse da?

DR. KEKS: Äh … Nein, tut mir leid.

KRÜMELMONSTER: Auch nicht mit Schokoglasur?

DR. KEKS: Nein, auch nicht mit Schokoglasur.

KRÜMELMONSTER: Und mit Marzipanfüllung?

DR. KEKS: Nein, keine Kekse da.

KRÜMELMONSTER: *(überlegt kurz)* Und mit Schokostreuseln?

DR. KEKS: Nein, Krümelmonster. Ich habe keine Kekse hier!

KRÜMELMONSTER: Schade. Sehr schade.

DR. KEKS: Worüber ich mit dir heute sprechen wollte, ist Impulskontrolle.

KRÜMELMONSTER: Was?

DR. KEKS: Das bedeutet, dass jemand in der Lage ist, seine Gefühle und Reaktionen auch in stressigen oder herausfordernden Situationen, so gut es geht, zu kontrollieren und das dementsprechende Handeln und die Konsequenzen zu reflektieren.

KRÜMELMONSTER: Hä …!?

DR. KEKS: Das ist ein wichtiger Teil der Selbstkontrolle, die es einem ermöglicht, Handlungen zu planen, sich zu konzentrieren und soziale Normen einzuhalten.

KRÜMELMONSTER: Aha. Dazu hätte ich eine Frage.

DR. KEKS: Welche?

KRÜMELMONSTER: HÄÄÄÄÄ?!?!?

DR. KEKS: Ähem … mal anders: Was bedeuten denn Kekse für dich?

KRÜMELMONSTER: Njam njam njam.

DR. KEKS: Aha … äh … kannst du das näher beschreiben?

KRÜMELMONSTER: Hast du mein Buch gelesen?

DR. KEKS: Ja …

KRÜMELMONSTER: Da steht alles drin.

DR. KEKS: Da steht sehr viel über Kekse drin.
KRÜMELMONSTER: Ja, sehr viel.
DR. KEKS: Kann es sein, dass dir Kekse sehr viel bedeuten?
KRÜMELMONSTER: Öh … ja. Viel. Sogar seeeeeeeeehr viel!!!
DR. KEKS: Hmhm. Wir machen mal einen, äh … Test.

Dr. Keks holt einen Stapel Karten hervor. Sie gehören zu einem Rorschachtest, darauf abgebildet sind die typischen Tintenklekse in allen möglichen Formen.

DR. KEKS: Ich zeige dir hier ein Bild, und du sagst mir, was du siehst.

Er hält Krümelmonster eine Karte hin. Krümelmonster guckt und überlegt. Dann:

KRÜMELMONSTER: Ein Keks.
DR. KEKS: Aha.

Er holt eine neue Karte hervor und zeigt sie Krümelmonster. Darauf ist ein weiterer Tintenkleks zu sehen.

DR. KEKS: Und hier?
KRÜMELMONSTER: Auch ein Keks …

Er holt noch eine Karte hervor und zeigt sie Krümelmonster. Darauf ist wieder ein Tintenkleks zu sehen.

DR. KEKS: Und hier?
KRÜMELMONSTER: Noch ein Keks …

Dr. Keks seufzt.

DR. KEKS: So kommen wir nicht weiter. Siehst du denn nicht auch mal etwas anderes?
KRÜMELMONSTER: Wie denn, wenn du mir immer nur Bilder von Keksen zeigst?!
DR. KEKS: Aber … ich … äh …

Entmutigt legt Dr. Keks die Karten weg und seufzt. Krümelmonster starrt auf die Karten.

KRÜMELMONSTER: Brauchst du die Karten noch?
DR. KEKS: Was …? Äh, gerade nicht mehr …

Krümelmonster nimmt ihm die Karten aus der Hand und frisst sie auf.

KRÜMELMONSTER: Kekse!!!! Njam njam njam …
DR. KEKS: Aber … *(seufzt)* Und … wie fühlst du dich jetzt?
KRÜMELMONSTER: Wie vorhin.
DR. KEKS: Besser? Schlechter?
KRÜMELMONSTER: Hungrig. Ich hab immer noch Keks-Hunger.
DR. KEKS: Dann reden wir doch mal über Frustrationstoleranz.
KRÜMELMONSTER: Toll. Gute Idee. Das machen wir. Wollte ich immer schon mal … *(stutzt kurz)* Was ist denn das?
DR. KEKS: Das ist die Fähigkeit, schwierige oder unangenehme Situationen zu ertragen, ohne übermäßig verärgert oder gereizt zu reagieren.
KRÜMELMONSTER: Ach so … Versteh kein Wort.
DR. KEKS: Wenn du Keks-Hunger hast und es sind keine Kekse da, ärgert dich das?
KRÜMELMONSTER: Nein.
DR. KEKS: Kein bisschen?
KRÜMELMONSTER: Nein. Wenn ich Hunger habe und es sind keine Kekse da, dann esse ich eben was anderes.
DR. KEKS: Und wenn nichts anderes da ist?
KRÜMELMONSTER: Es ist immer was anderes da.
DR. KEKS: *(seufzt wieder)* Hier, in diesem Zimmer, ist nichts anderes da.
KRÜMELMONSTER: Doch!
DR. KEKS: Doch …? Aber … Was denn?
KRÜMELMONSTER: Das Bild da, an der Wand …

Krümelmonster nimmt sich das Bild von Siegmund Freud und frisst es. Dr. Keks guckt fassungslos zu.

KRÜMELMONSTER: Njam njam njam!
DR. KEKS: Aber …

KRÜMELMONSTER: Leckeres Bild … Oder das Sofa … njamm njamm njammm

Krümelmonster steht auf und frisst das Sofa. Dr. Keks guckt jetzt völlig irritiert.

DR. KEKS: Aber …
KRÜMELMONSTER: Sehr lecker, dein Sofa!!
DR. KEKS: Äh, ja … danke …

Dann fällt Krümelmonster etwas an Dr. Keks auf, und er guckt ihn eindringlich an.

KRÜMELMONSTER: Hab ich dir schon gesagt, dass du sehr köstlich aussiehst?
DR. KEKS: *(ahnt schon)* Äh, ja, hast du … ich glaube, unsere Stunde ist jetzt rum.

Krümelmonster nähert sich sehr vertraulich Dr. Keks.

DR. KEKS: Krümelmonster, lass das. Da haben wir doch schon öfters drüber gesprochen …

Dr. Keks rennt durchs Zimmer, Krümelmonster verfolgt ihn.

DR. KEKS: Krümelmonster! Aus!!! Stopp!!!
KRÜMELMONSTER: Bleib doch mal stehen!
DR. KEKS: Von wegen! Ahhhh … Jedes Mal das Gleiche!!! Hör auf!!!

Die beiden rennen weiter im Kreis, lamentieren ad lib. vor sich hin, und es ist:

ENDE

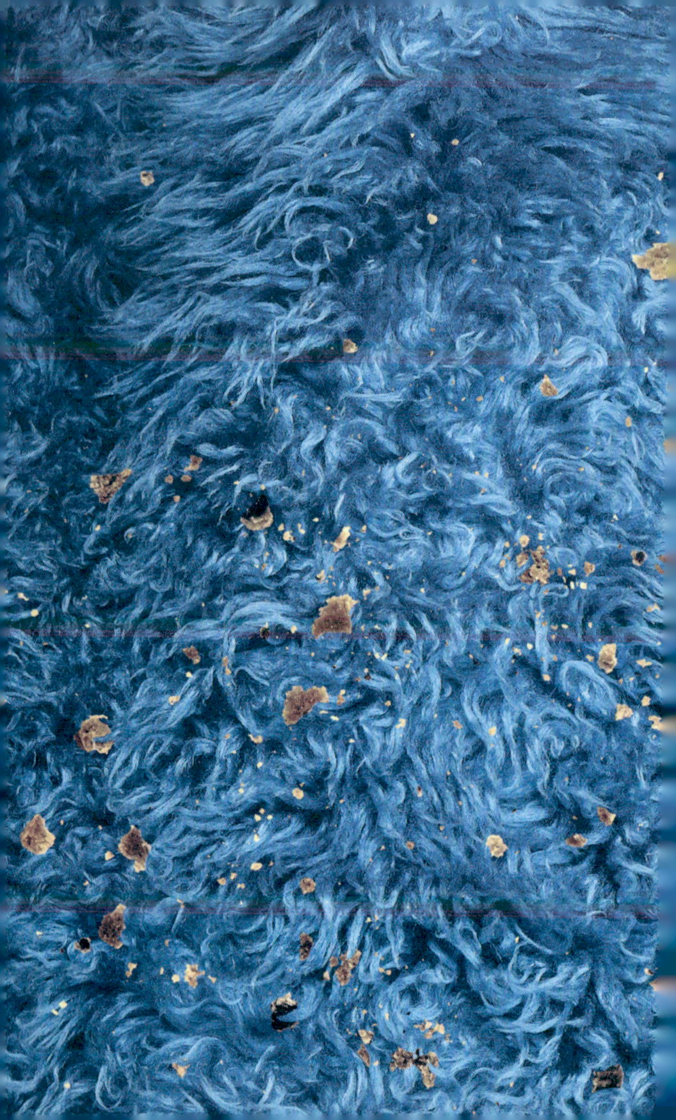

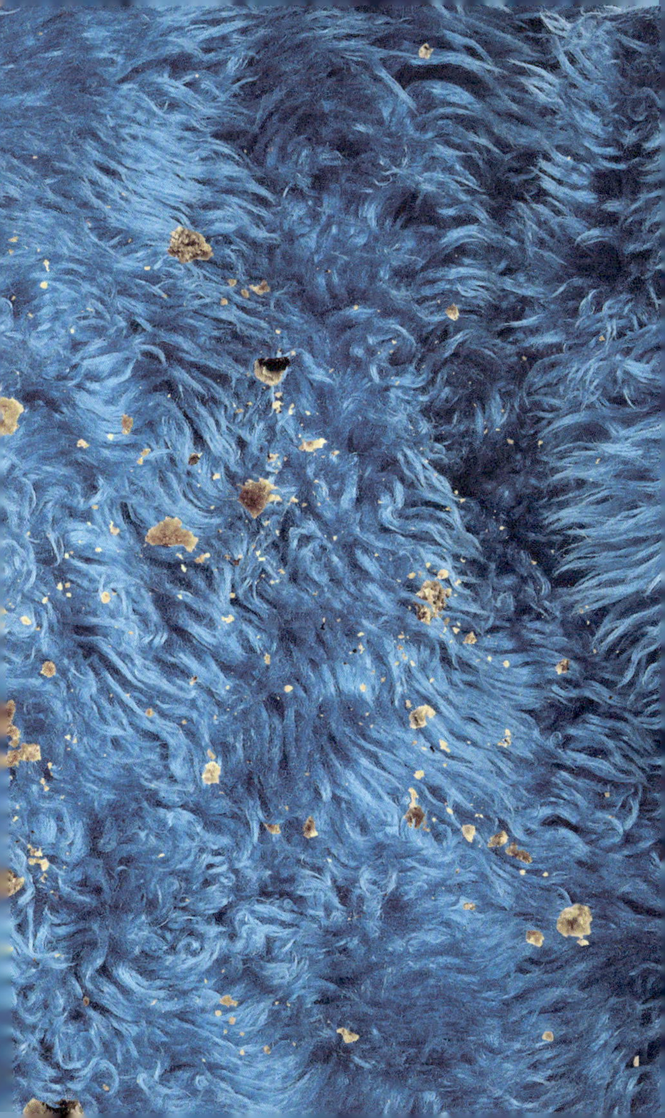

DANKSAGUNG

Ich möchte dem Buchstaben K
und der Zahl 2 danken.
Weil zwei Kekse immer besser
sind als einer.